I0766481

The Magical Cemí / El cemí mágico

GUASÁBARA

By / Por Walter Feshold Rodríguez

Illustrated By / Ilustrado por Jason Velazquez

Printed in the United States of America.
Hardcover: ISBN-13: 978-1-7379864-8-5
Paperback: ISBN-13: 979-8-9882688-0-2

WFR BOOKS

Querido lector:

Gracias por aceptar leer estas páginas. El Cemí Mágico/The Magical Cemi es un cuento acerca de nuestro pasado, nuestro presente y nuestro futuro como pueblo. A través de una historia producto de la imaginación de un puertorriqueño orgulloso de serlo, los personajes nos presentan puntos de vista diversos sobre nuestra realidad como borinqueños. Como autor, mi intención es promover una visión de quiénes somos como sociedad.

¿Y por qué bilingüe? Porque la realidad es que los puertorriqueños nos estamos convirtiendo en un pueblo bilingüe, sin que eso le reste a nuestra condición de hispanoamericanos. Mediante los personajes jóvenes del cuento, he tratado de darle voz y presencia al joven lector. Entonces, tú, joven lector que estás leyendo estas líneas, te invito a reflexionar sobre qué significa para ti ser boricua y cuál es el Puerto Rico que quieres para ti.

Para el lector adulto, mi invitación es a reflexionar sobre el impacto que nuestras acciones y palabras pueden tener en las próximas generaciones. Vivimos tiempos que definirán nuestro por venir y deberíamos de pensar si el camino que estamos siguiendo nos llevará al Puerto Rico que queremos o si, por el contrario, debemos ajustar nuestro rumbo y materializar ese Puerto Rico con el que soñamos.

Dear reader,

Thank you for agreeing to read these pages. El Cemí Mágico/The Magical Cemí is a story about our past, present, and future as Puerto Rican people. Through a story, a product of the imagination of a proud Puerto Rican, the characters present us with diverse points of view about our reality as Borinqueños. As an author, my intention is to promote a vision of who we are as a society.

And why is this series bilingual? Because the reality is that Puerto Ricans are becoming bilingual people without playing down our condition as Hispanic Americans. Through the young characters of the story, I have tried to give voice and presence to the young reader. So, you, young reader who are reading these lines, I invite you to reflect on what it means for you to be Puerto Rican and what is the Puerto Rico you want for yourself.

For the adult reader, my invitation is for you to reflect on the impact our actions and words may have on the rising generations. We live in times that will define our future as a people and thus should contemplate if the path we are following will take us to the Puerto Rico we envision with pride or if, on the contrary, we must adjust our current course and materialize the Puerto Rico of our dreams.

Era el primer día de clases e Isabella sentía mucha emoción. Estaba en una nueva escuela y le dijeron que tendría una maestra puertorriqueña. Esperaba llevarse muy bien con ella, pues presumía que ambas tendrían mucho en común. Quería saberlo todo sobre ella: de qué pueblo era, si tenía familia en Puerto Rico; y en especial, quería saber que conocía acerca de los taínos.

Isabella tenía 15 años. Ya habían pasado tres años desde su fantástico encuentro con el mundo taíno. Ella decidió mantener en secreto la experiencia que tuvo gracias al cemí y su poder mágico. Por eso, nadie podía entender su obsesión por conocer todo acerca de los taínos. Isabella pasaba casi todas sus horas libres investigando la historia de estos antiguos pobladores del Caribe.

Vilma González López, la nueva maestra, nació en el pueblo de Ponce, y acababa de mudarse a Orlando, Florida. Para ella, este también era su primer día de clases en Orlando, por lo que tenía sentimientos encontrados. Por un lado, extrañaba a su familia y a sus estudiantes de la escuela intermedia Dr. Pedro Albizu Campos del barrio Canas de Ponce. Pero también le emocionaba comenzar una nueva etapa en su vida, y continuar educando a la juventud.

It was the first day of school, and Isabella felt a lot of excitement. She was in a new school and was told she would have a Puerto Rican teacher. Isabella hoped to get along wonderfully with her new teacher, as she presumed that both would have a lot in common. Isabella wanted to know everything about them: what municipality she was from, if she had family in Puerto Rico, and especially if her new teacher knew about the Taínos.

Isabella was now fifteen years old. Three years had passed since her fantastic encounter with the Taíno world. She had decided to keep the whole experience with the cemí and its magical power a secret. This decision led to no one understanding her obsession with gathering knowledge about the Taínos. Isabella now spent almost all her free time researching the history of these ancient Caribbean settlers.

Vilma González López, the new teacher, was born in the township of Ponce, and had just moved to Orlando, Florida. For her this, too, was her first day of school in Orlando, so she had a mess of mixed feelings inside her. On the one hand, she already missed her family and her students from Dr. Pedro Albizu Campos Middle School, located in the Canas neighborhood of Ponce; however, she was also thrilled to start a new chapter in her life and continue educating the upcoming youth of this generation.

—Isabella Rodríguez Pérez— dijo la maestra mientras pasaba lista de asistencia.

Luego de que la maestra llamara a todos los estudiantes, procedió a pedirles que se presentaran. Le tocó el turno de presentarse a Isabella e inmediatamente sintió un leve cosquilleo en las rodillas. Siempre es incómodo presentarse ante un grupo nuevo, pero Isabella, muy segura de sí misma, comenzó diciendo:

—I'm Isabella Rodríguez Pérez, I'm puertorrican, and I speak English and Spanish. I like to play soccer and draw art related to the taínos.

— Who are the taínos?— preguntó Chase, un compañero de clase.

— The Taínos were the natives from the Greater Antilles at the time of arrival of Europeans back in 1492— intervino la maestra con un marcado acento puertorriqueño.

Los estudiantes estaban acostumbrados a diferentes acentos, pues en Orlando vive una gran y diversa comunidad de hispanos.

—Me gusta mucho tu acento— le dijo Isabella en su español matizado con influencia estadounidense.

—Gracias Isabella, y a mí me gusta el tuyo.— Ambas compartieron una genuina sonrisa de simpatía.

"Isabella Rodríguez Pérez," said the teacher as she did roll call for attendance.

After the teacher called all the students on her roster list, she proceeded to ask them to introduce themselves. When Isabella's turn came around, her knees trembled a little as she got up from her seat to address the group. It was always uncomfortable to present one's self to a new group, but Isabella, who was self-confident, spoke without much hesitation:

"I'm Isabella Rodríguez Pérez, I'm Puerto Rican, and I speak English and Spanish. I like to play soccer and draw art related to the Taínos."

"Who are the Taínos?" Chase, one of the students, asked. "The Taínos were the natives from the Greater Antilles at the time of arrival of Europeans back in 1492," interjected the teacher in her thick Puerto Rican accent.

The students were used to different accents, as Orlando was home to a large and diverse Hispanic community.

"Me gusta mucho tu acento," Isabella said in her Spanish, tinted with North American influence.

"Thank you, Isabella. And I like yours." Both shared a genuine smile of sympathy.

Fue un primer día de clases perfecto. A Isabella le encantó Colonial High School, su nueva escuela. Habían muchos estudiantes de origen hispano; además, la maestra González le causó una buena impresión. Al llegar a la casa, Teresa, su mamá, le preguntó cómo le había ido.

—Me encanta la escuela, mami.

Isabella le habló de la maestra González y sobre la cantidad de puertorriqueños recién llegados que asistían a la escuela.

—Hay muchos niños y niñas que se acaban de mudar desde Puerto Rico. No saben mucho inglés, pero yo los puedo ayudar.

—Qué bueno escucharte decir eso, Isabella— le contestó Teresa con una sonrisa tranquila en su rostro. —Ahora te das cuenta de por qué no te dejábamos hablar inglés en la casa. Tú llegaste muy pequeña acá, y tu papá y yo sabíamos que el español lo aprenderías en la casa. Ahora tienes la ventaja de ser bilingüe.

—Es cierto mami, ustedes tenían razón. Tengo muchos amigos que han olvidado el español. ¿Pero sabes qué? Muchos de mis amigos quieren mejorar el idioma. Ser bilingüe te da mucha confianza y te brinda más oportunidades.

—Así es, Isabella— le respondió la mamá.

It was a perfect first day of school. Isabella loved Colonial High School, her new school. Most of the students were of Hispanic origin; in addition, Mrs. González made a good impression on Isabella. When she got home, Teresa, Isabella's mother, asked how her first day went.

"I loved school, Mami."

Isabella told her mother all about Mrs. González and the number of newly arrived Puerto Ricans attending the school.

"There are many children who have just moved from Puerto Rico. They don't know much English, but I can help them."

"It's good to hear you say that, Isabella," Teresa replied with a calm smile and continued: "Now you realize why we didn't let you speak English in the house. You arrived here very young, and your dad and I knew that you would learn Spanish at home. Now you have the advantage of being bilingual."

"It's true, Mami. You were right. I have many friends who have forgotten their Spanish. But you know what? Many of my friends want to improve it. Being bilingual gives you a lot of confidence and gives you more opportunities."

"That's right, Isabella," replied her mother.

ADMINISTRATION
Colonial High School

—Isabella, te tengo buenas noticias. ¡Este año pasaremos las navidades en Puerto Rico!

Isabella no pudo contener la emoción al escuchar aquella increíble noticia. De inmediato, comenzó a bailar y a cantar.

El jolgorio está,
el jolgorio está,
bien por la maceta,
vamos a gozar, ja, ja,
wepa, wepa, wepa.
Vamos a gozar, ja, ja,
wepa, wepa, wepa.

—Mami, ¡ya quiero parrandear!

"Well, Isabella, I have good news for you. This year we will spend Christmas in Puerto Rico!"

Isabella couldn't contain her excitement upon hearing the amazing news. Immediately, she began to dance and sing.

El jolgorio está,
el jolgorio está,
bien por la maceta,
vamos a gozar, ja, ja,
wepa, wepa, wepa.
Vamos a gozar, ja, ja,
wepa, wepa, wepa.

"Mami, ¡ya quiero parrandear!"

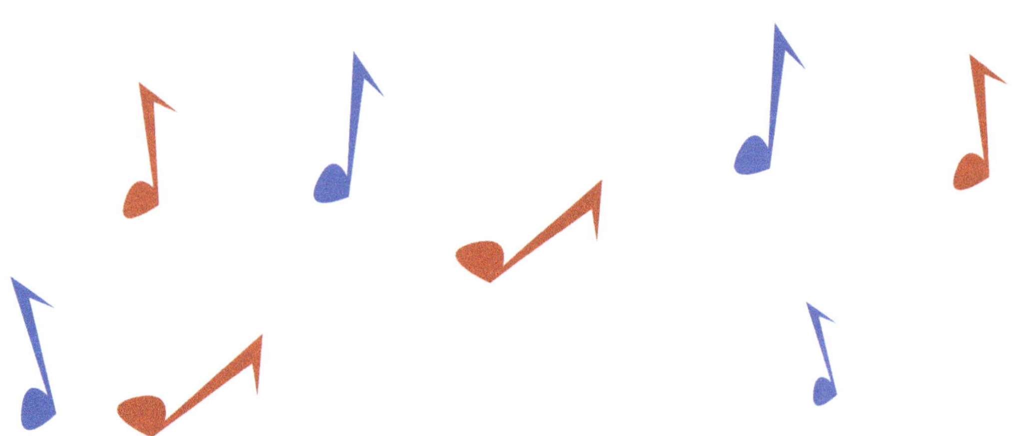

La noticia del viaje a Puerto Rico fue el cierre perfecto para un gran primer día de clases. Hace tres años que no visitaba la isla y regresar le causaba mucha ilusión. Extrañaba demasiado todo lo hermoso de su tierra. También sabía que tenía que enmendar su relación con titi Zayda en persona. El petroglifo que apareció en la piedra junto a la ceiba había dejado un mal sabor para la tía. Y más aún cuando Jorge, el arqueólogo del parque Caguana de Utuado, lo calificó como vandalismo del arte rupestre. Este conflicto ocasionó un distanciamiento en las relaciones entre Isabella y la tía; incluso Teresa, la mamá de Isabella, se había molestado mucho por la situación.

Isabella, muy valientemente, se hechó la culpa por vandalizar el petroglifo. Pero no lo hizo para justificar su comportamiento, sino que lo hizo para evitar llamar la atención sobre esa área, entre las piedras y la ceiba. Precisamente allí había enterrado al cemí.

La joven confiaba en que el paso del tiempo hubiese curado las discordias familiares. Ahora estaba lista para reencontrase con su tía y de paso intentar nuevamente una aventura en el mundo taíno.

***

El semestre pasaba rápido y el viaje a Puerto Rico se acercaba cada vez más. En la escuela, todo marchaba bien: las clases, las amistades, los deportes. Además, Isabella y la señora González desarrollaban una estrecha relación. Tanto así que la mayoría de los días almorzaban juntas.

—Bueno, Isabella, ¿qué vas a hacer en las navidades?— preguntó la maestra González.

The news of the upcoming trip to Puerto Rico was the perfect end to a great first day of school. It had been three years since she had visited the island, and returning made Isabella feel great joy. She missed all the beautiful things of her homeland. Isabella also knew that she had to mend her relationship with Titi Zayda in person. The petroglyph that appeared in the stone next to the Ceiba had left a bad taste for her aunt, which intensified more when Jorge, the archaeologist of Caguana Park in Utuado, described it as vandalism of rock art. This conflict caused a rift between Isabella and her aunt's relationship. Even Teresa, Isabella's mother, had been highly upset by the situation.

Isabella, very bravely, blamed herself for vandalizing the petroglyph. But she did not do it to justify her behavior; she did it to avoid drawing attention to that area, between the stones and the Ceiba. Precisely there, she had buried the cemí.

Isabella hoped that the passage of time would smooth over the disharmony in her family. Now she was ready to reunite with her aunt, as well as venture into the Taíno world once more.

***

The semester went by quickly, and the trip to Puerto Rico drew nearer. At school, everything was going well: classes, friendships, and sports. In addition, Isabella and Mrs. González developed a close relationship. So much so that most days, they had lunch together.

"Well, Isabella, what are you going to do en las navidades?" asked Mrs. González.

—¡Voy pa' Puerto Rico con mi familia!— contestó muy alegre Isabella.

—¡Qué rico! A comer lechón, pasteles y a parrandear.

—¡Sí! Y usted, ¿va a ir?

—¡Claro!— contestó misis González.

—Oiga, señora González, ayer usted me preguntó qué extrañaba más de Puerto Rico. Estuve pensando en un árbol de ceiba que está en la finca de mis tíos en Caguas. Es un árbol inmenso, pero lo que más me fascina es su longevidad. He leído que son árboles centenarios.

—¿Y por qué lo extrañas, Isabella?

—Es que está ubicado en uno de mis lugares favoritos de la isla; es muy bonito. Además, ese árbol debe haber sido testigo de muchas cosas— Isabella comentó fingiendo desconocimiento.

—Pues Isabella, sabrás que en Ponce hay una ceiba centenaria muy famosa, que por cierto, lamentablemente se cree que ha muerto. Dicen los expertos que esa ceiba ya era un árbol maduro para cuando Cristóbal Colón llegó a la isla.

—Por eso le digo, esos árboles deben haberle dado sombra a los taínos, a los españoles, a los africanos y a muchos puertorriqueños. Imagine si pudieran hablar, cuántas historias nos dirían.

—Ay Isabella, qué cosas dices. Tienes una gran imaginación. Pero es verdad, son árboles centenarios y deberíamos protegerlos y preservarlos.

"I'm going to Puerto Rico with my family!" Isabella replied very cheerfully.

"¡Qué rico! A comer lechón, pasteles y a parrandear."

"Yes! And you, are you going too?"

"Of course!" answered Misis González.

"Hey, Mrs. González, yesterday you asked me what I missed most about Puerto Rico. I was thinking about a Ceiba tree that is on my family's farm in Caguas. It is an immense tree, but what fascinates me most is its longevity. I have read that they are centenary trees.

"And why do you miss it, Isabella?"

"It is located in one of my favorite places on the island; it's very nice. Also, I think that tree must have witnessed many things," Isabella commented, feigning ignorance.

"Well, Isabella, did you know that in Ponce, there is a very famous centennial Ceiba, which, unfortunately, is believed to have died. Experts say that this Ceiba was already a mature tree by the time Christopher Columbus arrived on the island."

"That's what I'm saying. Those trees must have given shade to the Taínos, Spaniards, Africans, and many Puerto Ricans. Imagine if it could talk, how many stories it would be able to tell."

"Oh, Isabella, you say the most inventive things. You have a great imagination. But it is true, they are centenary trees, and we should protect and preserve them."

Los almuerzos junto a la maestra González eran reveladores para Isabella. De una manera muy creativa, Isabella trataba de conocer más sobre su puertorriqueñidad y su herencia caribeña. Las conversaciones con la maestra le servían para aprender más sobre la historia de Puerto Rico. También, fue en esos almuerzos donde tuvo la oportunidad de conocer a Clarissa, una niña dominicana que había emigrado recientemente a la Florida. Aunque Clarissa entendía bastante bien el inglés, se le complicaba al momento de hablarlo.

—Clarissa, poco a poco vas a mejorar tu inglés, ya verás. Tienes algo muy positivo y es que no te da vergüenza hablarlo. En dos años estarás hablando más inglés que español— le comentaba Isabella.

—Clarissa, tu personalidad te ayuda mucho. Ustedes las dominicanas tienen una chispa que las hace llamar la atención— añadió la maestra González.

—Pues, mi mamá dice que soy muy viva y andariega— bromeó Clarissa.

A Isabella le encantaba escuchar hablar a Clarissa. El acento dominicano y las frases dominicanas que decía su amiga, le fascinaban. Isabella y Clarissa se convirtieron en mejores amigas gracias a esos almuerzos en el salón de la maestra González.

Lunchtime with Mrs. González was eye-opening for Isabella. In a very creative way, Isabella tried to learn more about her Puerto Rican and Caribbean heritage. The conversations with her teacher helped Isabella learn more about Puerto Rico's history. Also, it was at those lunches where she had the opportunity to meet Clarissa, a Dominican girl who had recently immigrated to Florida. Although Clarissa understood English quite well, it was difficult for her to speak it.

"Clarissa, little by little, you will improve your English; you will see. You have something very positive, and that is that you are not ashamed to try and speak it. In two years, you will be speaking more English than Spanish," Isabella commented.

"Clarissa, your personality helps you a lot. Some Dominicans have a spark that makes them stand out," added Mrs. González.

"Well, my mom does say that I'm very lively and spontaneous." joked Clarissa.

Isabella loved listening to Clarissa speak. The Dominican accent and phrases that her friend said fascinated her. Isabella and Clarissa became best friends thanks to those lunches in Mrs. González's classroom.

Durante uno de esos almuerzos, Isabella le preguntó a la maestra si ella le parecía puertorriqueña.

—Por supuesto que pareces puertorriqueña. Lo eres. Los puertorriqueños nos vemos de formas muy diversas. Y es que tenemos en nuestro ADN herencia taína, africana y europea. ¿Has escuchado los refranes "Y tu abuela a onde está", y el de "Se te nota la mancha de plátano"? Esos son frases que nos hablan sobre nuestra herencia, sobre nuestras raíces africanas y sobre nuestras costumbres culturales— dijo la maestra con gran paciencia. — Incluso, Isabella, hay puertorriqueños que no nacieron en Puerto Rico y son tan puertorriqueños como los que nacen en la isla. La puertorriqueñidad la llevas en la sangre, por herencia; la consumes en el hogar, en la comida, en la música que escuchas. Es lo que te pone el corazón a palpitar como si se te quisiera salir del pecho.—

—¡Jazmine Camacho Quinn!— respondió Isabella.

—Exacto— confirmó la maestra.

—Ella no nació en Puerto Rico, apenas habla español, pero su puertorriqueñidad vale oro.

—Es que nuestra puertorriqueñidad va mas allá del idioma, Isabella. Y sobre esto hay mucha controversia. Negar la puertorriqueñidad de alguien porque no habla español es un error. Es cierto que el español es nuestro idioma vernáculo, pero ser bilingüe es una ventaja. Y si nos mudamos de Puerto Rico y nos insertamos en una cultura diferente, tenemos que aprender el idioma.

Así eran las conversaciones entre Isabella y la maestra González.

During one of those lunches, Isabella asked the teacher if she seemed Puerto Rican.

"Of course, you seem Puerto Rican. You are. Puerto Ricans look many different ways. And it's because we have Taíno, African, and European heritage in our DNA. Have you heard the sayings: '¿Y tu abuela a 'onde está?' and the one that goes: 'Se te nota la mancha de plátano'? These are phrases that tell us about our heritage, about our African roots, and about our cultural customs," the teacher said patiently. "In addition to that, Isabella, there are Puerto Ricans who were not born in Puerto Rico and are just as Puerto Rican as those born on the island. *La Puertorriqueñidad* is in your blood, by heritage. You consume it at home, with the food you eat, and in the music you listen to. It's what makes your heart beat as if it were going to jump out of your chest."

"Jazmine Camacho Quinn!" Isabella replied to the teacher.

"Exactly," confirmed the teacher.

"She was not born in Puerto Rico, and she barely speaks Spanish, but her *Puertorriqueñidad* is worth gold."

"Our *puertorriqueñidad* goes beyond language, Isabella. Although, there is a lot of controversy about that. Denying someone's Puerto Rican nature because they don't speak Spanish is a mistake. It is true that Spanish is our vernacular language, but to be bilingual is an advantage. And if we move from Puerto Rico and insert ourselves into a different culture, we have to learn the language."

Such were the conversations between Isabella and Mrs. González.

Finalmente, llegó el día más esperado. Regresar a Puerto Rico, con toda su familia, la llenaba de mucha emoción. Sabía que no solo estaba regresando a su patria en plena época navideña, sino que también significaba la oportunidad de saber si el cemí mantenía su poder mágico.

Cuando ya la isla se podía apreciar desde el avión, Isabella, usó toda su imaginación para fantasear. Imaginó a los taínos navegando en sus canoas. Se había convertido en toda una autodidacta sobre el tema taíno, y había leído sobre las destrezas de navegación que los taínos poseían.

—¿Sabes que la palabra canoa es una palabra taína?— le dijo Isabella a Raúl, su papá. —Fue una de las primeras palabras que los españoles incorporaron al idioma español. Los españoles estaban sorprendidos por las habilidades náuticas de los taínos, y la eficiencia de las canoas añadió.

—De verdad Isabella, te lo digo con mucho orgullo, tu conocimiento sobre los taínos es un ejemplo del dicho ese de que el aprendizaje solo ocurre cuando alguien quiere aprender y no cuando alguien quiere enseñar. En Orlando nadie te ha hablado sobre los taínos y mira todo lo que sabes— contestó con orgullo Raúl.

Finally, the most anticipated day arrived. Returning to Puerto Rico with her whole family filled her with a lot of emotion. Isabella knew that not only was she returning to her homeland during Christmas time, but it also meant the opportunity to know if the cemí maintained its magical power.

The time came when one could see the island draw nearer from the plane. Isabella used all her imagination to fanatsize. She imagined the Taínos canoeing in their canoes. She had become self-taught on the subject of Taínos and had read about the amazing navigation skills that they possessed.

"Did you know that the word 'canoa' is a Taíno word?" Isabella told her father, Raúl. "It was one of the first words that the Spanish incorporated into the Spanish language. The Spaniards were surprised by the nautical skills of the Taínos and the efficiency of the canoes."

"Really, Isabella, I am very proud; your knowledge about the Taínos is an example of the saying: 'learning only happens when someone wants to learn and not when someone wants to teach.' In Orlando, nobody has taught you about the Taínos, and look at everything you know," Raúl replied proudly.

—Mira Sebastián, esa es la playa de Puerto Nuevo en Vega Baja. ¡Pa'ya vamos!

—*It's awesome!*— respondió Sebastián.

Los aplausos anunciaron el aterrizaje.

—*Why are they clapping?*

—Así somos nosotros, Seba. Celebramos regresar a la isla. Además, nos gusta aplaudirle al piloto por haber completado el viaje— le respondió Teresa.

***

Al llegar a la casa de sus tíos, en el barrio Bairoa de Caguas, Teresa y Zayda se confundieron en un largo abrazo.

—¡Hermana querida, qué rico verlos a todos!— saludó titi Zayda.

—¡Qué linda tienes la finca!— dijo Teresa muy entusuiasmada.

—¿Quién quiere yuca frita?— preguntó titi Zayda

—*¡Yes!*— celebró Isabella.

—*Me too*— dijo Sebastián.

—Parece que alguien tiene que practicar un poquito su español, *but I love you anyway, my precious Sebastián.*— dijo titi Zayda.

"Look over there, Sebastián. That's the beach of Puerto Nuevo in Vega Baja. ¡Pa'ya vamos!"

"That's awesome!" responded Sebastián.

The applause announced the landing.

"Why are they clapping?" wondered Sebastián.

"That's how we are, Seba. We celebrate returning to the island, and we also applaud the pilot for completing the trip," Teresa replied.

***

Upon arriving at Isabella's aunt and uncle's house in barrio Bairoa in Caguas, Teresa and Zayda greeted each other in a long emotional embrace.

"Dear sister, how wonderful to see you all!" Said Titi Zayda.

"How beautiful you have the farm!" Teresa said very enthusiastically.

"Who wants fried cassava?" asked Titi Zayda to her newly arrived family.

"Yes!" Isabella celebrated.

"Me too," Sebastián said.

"It seems that someone has to practice their Spanish a little, but I love you anyway, my precious Sebastián." teased Titi Zayda.

—¿Sabes que tengo amigos nuevos en la escuela que solo hablan español?— comentó Sebastián con su acento de estadounidense. —*I help them with English, and they help me with my Spanish.*

—Pues haces muy bien, Seba. Tenemos que ayudarnos los unos a los otros— añadió Zayda. Luego de saborear las deliciosas yucas fritas, Isabella le dijo a la familia que iba a dar un paseo por la finca.

—Seba, vamos a dar un paseo por la finca.

—*Let's go!*— contestó el hermano muy animado.

—Cuidado en el río— aconsejó la tía.

—Isabella, tu papá y yo pondremos las maletas en los cuartos y luego iremos a la ceiba, queremos ver el famoso petroglifo— dijo Teresa.

—Okay, te llamo cuando estemos en la ceiba— le respondió Isabella.

Isabella y Sebastián salieron caminando rumbo al río. Era un día precioso. La brisa fresca de la época navideña acentuaba el olor a campo. El cielo azul y el verdor de los árboles se combinaban para crear una imagen natural que invitaba a la relajación total. El cantar de los pajaritos y el arrullo de las aguas del río completaban una experiencia sensorial que solo el campo de la isla puede ofrecer. Mientras tanto, en la casa, Teresa le comentaba a Zayda sobre el genuino interés que la experiencia de Caguana y el petroglifo le había causado a Isabella.

"¿Sabes que tengo amigos nuevos en la escuela que solo hablan español?" , commented Sebastián in his American-thick Spanish. "I help them with English, and they help me with my Spanish!"

"Well, you're doing very well. We have to help each other," Zayda replied. After savoring the delicious fried cassava, Isabella told the family she was going for a walk around the farm.

"Seba, let's take a walk around the farm."

"Let's go!" Isabella's brother replied enthusiastically.

"Be careful by the river," Auntie Zayda advised.

"Isabella, your dad and I will put our bags in the rooms, and then we will go to the Ceiba tree. We want to see the famous petroglyph," said Teresa.

"Okay, I'll call you when we're at la Ceiba," Isabella replied.

Isabella and Sebastián walked toward the river that went through their aunt and uncle's land. It was a beautiful day. The cool breeze of the Christmas season accentuated the smell of the countryside. The blue sky and the greenery of the trees combined to create a natural image that invited total relaxation. The singing of the birds and cooing of the waters of the river completed a sensory experience that only the countryside of the island can offer. Meanwhile, at home, Teresa told Zayda about the genuine interest that Caguana's experience and the petroglyph had caused Isabella.

—Desde que llegó de ese viaje, y por los últimos 3 años, el tema de los Taínos se ha convertido en una obsesión para ella.

"Since she arrived from that trip, and for the last three years, the subject of the Taínos has become an obsession for her."

—De verdad que sí, está por convertirse en una experta en el tema. Allá, en la escuela, no le enseñan nada de eso. Todo lo que sabe lo ha aprendido por ella misma, investigando, leyendo. A mí me ha encantado, pues ella ha entendido que cuando uno quiere aprender sobre algo, solo hay que dedicarle tiempo— añadió Raúl.

—Les contaré que un día sin esperarlo, ella comenzó a preguntar sobre los taínos. Manuel y yo decidimos llevarla a Caguana. Fue increíble cómo se dio la circunstancia del petroglifo. Encontrarlo luego de visitar Caguana, tiene que haber sido algo impactante para ella. No te voy a negar que lo que pasó después me molestó mucho; pero siendo empática con ella, una experiencia así, a los doce años, pues, se puede comprender— dijo Zayda.

—Nosotros también nos molestamos mucho con ella, pero viendo cómo aceptaba su culpa, y con todo su interés por conocer sobre los taínos, nos demostró que había pasado por mucha reflexión. Una pena que los arqueólogos no continuaran las excavaciones del lugar— contestó Teresa.

—Están ocupados en otras excavaciones, creo que vendrán luego— terminó diciendo Zayda.

Mientras tanto en el río, Isabella y Sebastián se sentaron en una gran piedra bajo la refrescante sombra de un árbol de mangó. —Si fuera verano estaríamos comiendo mangó de este árbol, Seba.

—*Let's go to the ceiba tree, I want to see the petroglyph*— le contestó Seba.

Isabella estaba nerviosa. Prefería haber evitado ir a la ceiba acompañada, pero sabía que tarde o temprano su familia iría a ver el petroglifo.

"Yes, she is about to become an expert on the subject. There, at school, they don't teach her any of that. All that she knows she has learned for herself by researching and reading. I love it because she understands that when you want to learn about something, you just must dedicate time to it," added Raúl.

"I will tell you that one day out of the blue, she began to ask about the Taínos. Manuel and I decided to take her to Caguana. It was incredible how the circumstance of the petroglyph occurred. Finding it after visiting Caguana must have been shocking to her. I will not deny that what happened next upset me a lot, but being empathetic with her, such an experience, at the age of twelve, is understandable," Zayda said.

"We were also very upset with her, but seeing how she accepted her guilt, and with all her interest in knowing about the Taínos, she showed us that she had gone through a lot of reflection. It's a shame that the archaeologists didn't continue the excavations of the site," Teresa replied.

"They are busy with other excavations. I think they will come later," Zayda said.

Meanwhile at the river, Isabella and Sebastián sat on a large stone under the refreshing shade of a mango tree. "If it were summer, we would be eating mango from this tree, Seba."

"Let's go to the ceiba tree. I want to see the petroglyph," interjected Seba.

Isabella was nervous. She wanted to avoid going to the Ceiba tree with anyone else, but she knew that sooner or later, her family would want to go to see the petroglyph.

Caminando hacia la ceiba, Isabella comenzó a visualizar mentalmente el yucayeque de Bajacú. Luego de haber investigado sobre los taínos, ahora se podía imaginar a Caguax sentado en su dujo con su guanín al cuello.

—Seba, ¿sabes de dónde viene el nombre de Caguas?

—Claro, lo has dicho mil veces, *from Caguax, the cacique.*

—Muy bien, Seba. Hay muchos otros nombres de pueblos de la isla con nombres de Caciques, como Canóvanas de Canóvanax, Arecibo de Arasibo, Luquillo de Yuquibo…

— Yeah, I know, that's the only thing you talk about. Llegaron a la majestuosa ceiba y Sebastián le preguntó por el petroglifo.

—Míralo aquí. Es un pájaro. En Caguana hay uno igual y eso no es coincidencia, los taínos de aquí y los de Utuado tienen que haberse relacionados. ¿No te parece fascinante?

—Más fascinante me parece el tuyo, jaja. *Is this you taking a selfie?*

En ese momento Isabella se fue en un viaje mental recordando su encuentro con Bajacú. Llevaba claro en su memoria aquel recuerdo. Solo pensaba en un posible reencuentro.

Walking toward the Ceiba tree, Isabella began to mentally visualize Bajacú's yucayeque. After having researched the Taínos, she could now imagine Caguax sitting in his dujo with his guanín around his neck.

"Seba, do you know where the name 'Caguas' comes from?"

"Of course. You've said it a thousand times, from Caguax, the cacique."

"Very good, Seba. There are many other townships on the island with names of Caciques, such as Canóvanas from Canóvanax, Arecibo from Arasibo, Luquillo from Yuquibo . . .

"Yeah, I know. That's the only thing you talk about," Seba joked.

They arrived at the majestic Ceiba, and Sebastián asked about the petroglyph.

"It's right here. It's a bird. In Caguana, there is another like it, and that is no coincidence. The Taínos here and those of Utuado must have either been related or interacted somehow. Isn't it fascinating?"

"I find your version much more fascinating," Seba laughed. "Is this you taking a selfie?"

At that moment, Isabella left on a mental journey remembering her encounter with Bajacú. The imagery was still clear in her memory. Now she was just thinking about a possible reunion.

—¡Isabella!— gritó Sebastián procurando la atención de su hermana.

—Me fui en un viaje, perdona. Dime.

—*Call mom and dad, they want to see it.*—

—*Sure*— contestó Isabella.

Al rato llegaron Zayda, Raúl y Teresa.

—De verdad que la finca está preciosa, Zayda— comentó Teresa.

—Esta Ceiba es espectacular— añadió Raúl.

—Okay, mami papi, cierren los ojos y denme sus manos. Vengan por aquí y ahora ábranlos.

—Wao, qué hermoso— dijo Teresa.

—Fascinante— añadió Raúl.

—*Dad, but look at this one, it's better"*— interrumpió Sebastián.

—De ese ya hemos hablado suficiente— dijo Teresa.

La tarde fue muy placentera para todos. Zayda pudo compartir con su hermana. Raúl y Manuel hicieron planes para ver un juego de béisbol entre los Criollos de Caguas y los Cangrejeros de Santurce. Sebastián logró mortificar a su hermana lo suficiente, e Isabella había confirmado la presencia del Cemí, el cual había dejado enterrado entre las dos inmensas rocas.

"Isabella!" Sebastián shouted to get his sister's attention.

"I spaced out there, sorry. What is it?"

"Call Mom and Dad; they want to see it."

"Sure," Isabella replied and called.

After a while, Zayda, Raúl, and Teresa arrived.

"The ranch is really beautiful, Zayda," remarked Teresa.

"This Ceiba is spectacular," added Raul.

"Okay. Mami. Papi. Close your eyes and give me your hands. Come this way, and now open them."

"Wow, how beautiful," said Teresa.

"Bewitching," added Raúl.

"Dad, but look at this one; it's better," interrupted Sebastián.

"I think we've talked about that one enough," said Teresa.

The afternoon was very pleasant for everyone. Zayda was able to spend time with her sister. Raúl and Manuel made plans to watch a baseball game between the Criollos de Caguas and the Cangrejeros de Santurce. Sebastián managed to mortify his sister enough, and Isabella was able to confirm the presence of the cemí, which she had left buried between the two immense rocks.

Ese mismo día, luego de la cena, platicaron de los planes para los siguientes días.

—Mañana nos levantaremos temprano, desayunamos aquí y salimos rumbo a la Cueva del Indio en Arecibo. Luego, pasaremos por varios pueblos del oeste hasta que lleguemos a Boquerón. Allí nos quedamos dos días y luego volvemos a Caguas por el sur, pasando por el museo del Cemí en Jayuya y saboreando el menú navideño en Guavate— informó Teresa.

—*What a road trip!*— exclamó Sebastián. Aunque Isabella quería visitar todos esos lugares, su principal deseo era estar en la finca de su tía y aventurarse en el mundo taíno. Sin embargo, estaba tranquila porque sabía que tenía varios días luego del paseo por la isla para intentar nuevamente el viaje en el tiempo.

A la mañana siguiente, ya en la autopista por el norte de la isla, Raúl decidió tomar la carretera costera entre Barceloneta y Arecibo.

—Esta ruta por la playa es preciosa, de vez podremos ver la estatua de Colón.

—¡Agh!— exclamó Isabella. Yo no sé porque le hacen una estatua a ese criminal de Colón. Si lo que hizo fue abusar de los taínos.

—*There is it, it's huge!*— exclamó Sebastián.

That same day, after dinner, they talked about plans for the next few days.

"Tomorrow we will get up early, have breakfast here, and leave for the Cueva del Indio in Arecibo. Then, we will pass through several towns in the west until we reach Boquerón. There, we will stay two days and then return to Caguas from the south, passing by the cemí museum in Jayuya and savoring the Christmas menu in Guavate," Teresa informed her family and children.

"What a road trip!" exclaimed Sebastián. Although Isabella wanted to visit all those places, her main desire was to be on her aunt's farm and venture into the Taíno world. However, she stayed calm because she knew that she had several days after the road trip to try time travel again.

The next morning, already on the highway through the north of the island, Raúl decided to take the coastal road between Barceloneta and Arecibo.

"This route along the beach is beautiful, and at the same time, we will be able to see the statue of Columbus," said Raúl.

"Ugh!" grunted Isabella. "I don't know why they made a statue of that criminal, Columbus. All he truly did was abuse the Taínos," she fumed.

"There it is! It's huge!" Sebastián exclaimed.

—Es más alta que la Estatua de la Libertad— dijo Teresa.

—Y representa todo lo contrario a ella. Es como hacerle un homenaje a la esclavitud.— Añadió Isabella.

—Mira este lugar tan bello, el azul marino del océano Atlántico y la brisa que sopla te llena de energía. El homenaje debió de haber sido para el cacique Arasibo.—

—Bueno, yo crecí pensando muy diferente sobre Cristobal Colón, te acuerdas Teresa, que cantábamos *Colón Colón Colón, Amércia descubrió…*— dijo Raúl cantando, con ganas de molestar un poco a Isabella.

—Ay, por favor, papi. No empieces, que te oyes bien ridículo cantando eso— le argumentó Isabella.

—Pues sí, nuestra generación nunca cuestionó eso del descubrimiento como lo han hecho generaciones posteriores, y me alegro, porque eso fue un genocidio— añadió Teresa.

—Muy bien mami, me alegra que lo tengas claro— dijo Isabella.

"It is taller than the Statue of Liberty," Teresa informed.

"And it represents the opposite of it. It's like paying homage to slavery," Isabella added.

"Look at this beautiful place; the navy blue of the Atlantic Ocean and the breeze that blows fills you with energy. The tribute should have been for the cacique Arasibo."

"Well, I grew up thinking very differently about Christopher Columbus. You remember, Teresa? We sang, 'Colón, Colón, Colón, América descubrió' . . ." Raúl sing-songed, wanting to tease Isabella a little. "

Ay, por favor, Papi. Don't start. You sound very ridiculous singing that," Isabella argued.

"Yes, our generation never questioned the discovery as later generations have, and I'm glad they have because we have since learned it that it was genocide," Teresa added.

"*Muy bien, Mami.* I'm glad you have it clear," said Isabella proudly.

Llegaron a la Cueva del Indio y pudieron apreciar los petroglifos que le añadían un toque mágico al lugar. Isabella había leído que los Taínos utilizaban la cueva para hacer rituales religiosos.

—Este era un lugar importante para los Taínos, es una pena que la gente deje basura aquí. Incluso, hay gente que mantiene su tainidad, para los cuales estos lugares son muy importantes.

—*Yeah, but you're not a taína, Isa.*

—*Well, I think there is Taino blood in me, Seba.*

Isabella se apartó un poco del grupo y se sentó en el suelo rocoso para apreciar el bello escenario. Su pelo largo le bailaba al compás del viento. El sonido de las olas chocando contra las rocas le bastaron para llevarla a imaginarse aquel lugar lleno de taínos. De momento, pudo apreciar lo que parecía una cara humana.

—Hey, vengan acá, miren esa roca, ¿no les parece una cara humana? A mí sí. Es la cara de Arasibo, una estatua hecha por la naturaleza.

—De verdad que sí, parece una cara humana— comento Raúl.

—Hey pa, tírame una foto aquí, que se vea la cara, quiero subirla a Instagram— pidió Isabella.

—Bueno, tiren la foto que vamos a seguir con el chinchoreo— comentó Teresa.

—*What?*— dijo Sebastián.

—A seguir el *road trip* Seba— le contestó su mamá.

They arrived at la Cueva del Indio and were able to appreciate the petroglyphs that added a magical touch to the place. Isabella had read that the Taínos used the cave for religious rituals.

"This was an important place for the Taínos; it's a shame that people leave garbage here. There are even people who maintain their *tainidad*, so these places are very important."

"Yeah, but you're not a Taína, Isa."

"Well, I think there is Taíno blood in me, Seba."

Isabella moved away from the group and sat on the rocky ground to appreciate the beautiful scenery. Her long hair danced to the rhythm of the wind. The sound of the crashing waves on the rocks was enough to lead her to imagine that place was full of Taínos. At that moment, she could appreciate what looked like a human face.

"Hey, come here. Look at that rock. Don't you think it looks like a human face? Well, at least to me, it does. It is the face of Arasibo, a statue made by nature."

"You're right; it does look like a human face," Raúl agreed with his daughter.

"Hey pa', could you take a picture of me here with the face in the background; I want to post it on Instagram," Isabella asked.

"Well, take the picture; we need to get going to continue with the *chinchoreo*," Teresa said.

"What?" Sebastián asked.
"It means that we need to continue our road trip," clarified his mother.

isabella
Puerto Rico

Esta es una de las vistas más bellas de la isla, y la bandera le da el toque perfecto—, dijo Raúl al pasar por el área de Guajataca.

—Creo que a Isabella le va a gustar lo próximo que veremos— dijo Teresa.

—¿Qué?— preguntó Isabella.

—Ya verás, deja que bajemos la cuesta.

—Bueno ya veo que estamos en mi pueblo— dijo Isabella.

—*It's just one "L" Isa, so it's not your town*—dijo Sebastián para molestarla.

—*Wow*, quiero una foto ahí. Ese es Mabodamaca, el cacique de esta región, y quien combatió a los españoles durante la rebelión de 1511. Yo había visto este lugar solo en fotos, pero no sabía que estábamos tan cerca— dijo Isabella con evidente entusiasmo.

Luego de la foto, el grupo siguió la travesía. Pararon para almorzar en el pueblo de Aguadilla. Mientras comían Isabella preguntó cuál era la próxima parada. A lo que su padre respondió que sería un lugar que, de seguro, captaría toda su atención.

"This is one of the most beautiful views on the island, and the flag gives it the perfect touch," Raúl mentioned as they drove past the Guajataca area.

"I think Isabella will enjoy the next thing we'll see," Teresa said.

"What is it?" Isabella asked.

"You'll see once we go down this hill."

"Well, I can already see that we are in my own town," said Isabella.

"It only has one 'L', Isa; so, it's not your town," Sebastián teased her.

"Wow, I want a picture there! That is Mabodamaca, the cacique of this region, and who fought the Spanish during the rebellion of 1511," Isabella explained. "I had only seen this place in photos; I had no idea we were so close!" Isabella said with enthusiasm.

After stopping to take a picture, the group continued their journey. They had been through several municipalities already and decided to stop for lunch in the town of Aguadilla. While they were eating, Isabella asked what the next stop was. Her father wanted to keep the enigma and said, "It is a place that will capture your full attention for sure!"

Treinta minutos después, llegaron a la plaza del pueblo de Añasco. Allí comenzaron a caminar por la plaza, y de momento, vieron la estatua del ahogamiento de Diego Salcedo.

—Wao papi, ¿esta era lo que iba a captar toda mi atención?

Sí, los indios mantando a un español pa'saber si eran mortales o no, pensé que te iba a gustar ver esto— contestó Raúl.

—¿Y eso te lo enseñaron así en la escuela?

—Bueno, se dice que es una leyenda, pero sí, lo aprendí en la escuela.

—Pues es una narrativa que está completamente equivocada. En el avión te hablé sobre las destrezas náuticas de los taínos. Con sus canoas, los taínos de Boriquén y de Aytí, lo que es la Española ahora, mantenían constante comunicación. Para cuando supuestamente pasó esto, ya los españoles llevaban en La Española más de 15 años. ¿Te acuerdas haber estudiado lo que le pasó a los españoles que dejó Colón en Aytí durante su primer viaje? Pues si no te acuerdas, ninguno fue encontrado con vida cuando Colón hizo el segundo viaje. Hay que usar la lógica y pensar que los taínos de ambas islas compartieron toda esa información. Durante los quince años antes de que comenzara la conquista de Boriquen, en el 1508, los taínos de Ayti mataron a más españoles o los vieron morir por otras causas, y no tenían duda de que eran mortales. Eso también lo sabían los taínos de aquí — comentó Isabella con porte de profesora.

Thirty minutes later, they finally arrived to Añasco. There, they walked through the town square and found the monument of "Diego Salcedo's drowning."

"Wao, Papi. Was this what was going to get all my attention?"

"Yes, the Indians murdering a Spaniard to prove if they were mortal or not; I figured you would like to see this," Raúl replied.

"And this is the way you learned it in school?" Isabella asked, shocked.

"Well, more of a legend than fact, but yes, I learned about it in school," Raúl explained to his daughter.

"Well, it's a narrative that's completely wrong. Remember on the plane when I told you about the nautical skills of the *Taínos*? With their canoes, the *Taínos* of *Boriquén* and *Aytí,* which is *'La Española'* now, maintained constant communication with each other. By the time this supposedly happened, the Spanish had been in 'La Española' for more than fifteen years. Do you remember studying what happened to the Spaniards that Columbus left in Aytí during his first trip? Well, if you don't remember, none of them were found alive when Columbus made the second voyage. So logically, it is likely that the inhabitants of both islands shared all that information. During the fifteen years before the conquest of Boriquén began, in 1508, the Aytí Taínos killed more Spaniards or saw them die from other causes; therefore, they had no doubt that they were mortal. The Taínos here also knew that." Isabella spoke with the bearing of a professor.

—Tiene mucha lógica tu análisis, Isabella— le comentó la mamá.

—Gracias, mami, pero no es mi análisis; esto se lleva diciendo hace tiempo. Pero es como dice el maestro de Historia: *History is written by victors*, y los españoles escribieron esta historia para hacer lucir a los taínos como un pueblo primitivo, sin inteligencia. Lo peor es que se ha seguido escribiendo de la misma manera— terminó Isabella.

—*The same happens with the American history, my teacher says that the Thanksgiving thingy wasn't as peaceful as many books says*— añadió Seba.

—Muy bien Seba, no te creas todo lo que lees o te dicen— le dijo Isabella.

—Okay, terminamos la clase de Historia, vámonos que hace mucho calor— dijo Teresa.

Antes de irse Isabella se tiró un selfie con los taínos que ahogaban a Salcedo.

—Seba, ¿qué caption le pongo a esta foto?

—*Don't mess with me, I'm a Taino.*

A Isabella se le puso la piel de gallina al oír las palabras de su hermano.

—¡*Oh, I like it,* gracias, Seba!

Aquella estatua de Salcedo junto a los taínos era un presagio de lo que el cemí le estaría por revelar.

"Your analysis makes a lot of sense, Isabella," Teresa said, listening to her daughter's lecture.

"Thank you, Mami, but it's not my analysis; this has been known for some time. But it is as our history teacher says: History is written by the victors, and the Spaniards wrote this history to make the Taínos look like primitive people without intelligence. The worst thing is that it has continued to be written in the same way," Isabella concluded.

"The same happens with American history. My teacher says that the Thanksgiving thingy wasn't as peaceful as many books say," Seba added to his sister's mini-history lesson.

"That's right, Seba. Don't believe everything you read or are told," Isabella said.

"Okay, we're done with history class. Let's get going; it's very hot," Teresa said, fanning herself with her hands.

Before leaving, Isabella took a selfie with the statues of the Taínos that were drowning Salcedo.

"Seba, what caption do I put on this photo?"

"Don't mess with me. I'm a Taíno."

"Oh, I like it. ¡Gracias, Seba!" she said with goosebumps still visible on her skin.

That statue of Salcedo and los Taínos foreshadowed what the cemí and its power would reveal.

Luego de dos días en Cabo Rojo en donde disfrutaron de la playa en Buyé, comieron mariscos, frituras y ostiones en el poblado de Boquerón, y visitaron el puente de piedra cerca del faro, empacaron sus cosas y salieron rumbo al pueblo de Jayuya.

—Ese lugar significa mucho para mí —dijo Isabella refiriéndose al museo del Cemí en Jayuya.

—Y, ¿por qué significa mucho para ti, Isa? —le preguntó su papá.

—Pues, los cemíes eran muy importantes para los taínos. A través de los cemíes, los caciques y los behiques se comunicaban con los ancestros y les preguntaban acerca del futuro. Todo era parte de la religión taína, la cual era politeísta. Se comunicaban con los ancestros mediante el rito de la cojoba —contestó Isabella.

—Okay Isa, ahora en español. Explícalo de nuevo —le dijo Raúl entre la broma y la seriedad.

—Lo explicaré cuando llegemos al museo, así podrán ver de lo que les hablo.

El viaje hacia Jayuya resultó extenuante para Sebastián.

— *This road makes me dizzy.*

—Ya estamos llegando. Aprecia las montañas, que en Orlando no verás ni una —le dijo el papá.

After two days in Cabo Rojo, where they enjoyed the beach in Buyé; ate seafood, *frituras*, and oysters in the town of Boquerón; and visited the stone bridge near the lighthouse. Finally, the day came, and they packed their things and left for the town of Jayuya.

"That place means a lot to me," said Isabella, referring to the cemí museum in Jayuya.

"And why does it mean so much to you, Isa?" her dad asked.

"Well, the cemí were very important to the Taínos. Through the cemí, the Caciques and Behiques communicated with the ancestors and asked them about the future. It was all part of the Taíno religion, which was polytheistic. They communicated with the ancestors through the rite of the cojoba," Isabella replied.

"Okay Isa, now in Spanish. Explain it again . . ." Raúl said half-jokingly but truly intrigued.

"I'll explain it when we get to the museum, so you can see what I'm talking about."

The journey to *Jayuya* was strenuous for Sebastián.

"This road makes me dizzy."

"We are arriving. Appreciate the mountains, son. You won't see a single one in Orlando," his dad said.

Al terminar el recorrido por el museo, la familia se tomó varias fotos sentados en una gran silla decorada con el nombre de Jayuya. Allí, Isabella aprovechó y les explicó con más detalles el ritual de la cojoba.

—El cacique y el behique, quien era el curandero de la comunidad, inhalaban el polvo de la semilla de la cojoba y entraban en un trance alucinógeno con el cual se comunicaban con los ancestros o en rituales para sanar a los enfermos.

At the end of the tour of the museum, the family took several photos sitting on an oversized wooden chair, embellished with bold lettering spelling out the townships name: Jayuya. There, as promised, Isabella explained in more detail the cojoba ritual.

"The Cacique and the Behique, who was the healer of the community, inhaled the dust of the cojoba seed and entered a hallucinogenic trance with which they communicated with the ancestors or in rituals to heal the sick."

—Esto se sabe tanto por las crónicas de los españoles como por estudios recientes hechos por científicos. En estudios de, paleoetnobotánica, se han confirmado rastros de polvo de semilla de cojoba en utensilios hechos por los taínos.

—Isabella, deberías estudiar algo relacionado con todo esto —sugirió su papá.

—Resulta que me gusta mucho la arqueología moderna, investigar el pasado y descubrir los misterios de las civilizaciones antiguas —le contestó Isabella.

La encargada del museo les dijo que estaban muy cerca de la Piedra Escrita y que deberían visitarla. La Piedra Escrita era algo nuevo para Isabella ya que no había leído nada sobre ella. Gran sorpresa se llevó cuando vio todos los petroglifos claramente marcados en aquella piedra. A Teresa le encantó el tablado para bajar hacia el río. Allí Isabella se dejó llevar por la imaginación.

— Dime, Isabella, qué te estás imaginando — le preguntó el papá.
—Me imagino a los taínos haciendo lo mismo que están haciendo esos niños, tirándose al río y pasándola bien —le contestó con cierta nostalgia.

Al regreso de Jayuya, hicieron una parada obligada en Guavate. Allí se deleitaron con todo el menú navideño boricua. Finalmente, llegaron a la finca de titi Zayda en el barrio Bairoa de Caguas. Había sido un paseo memorable para Isabella. Sin duda alguna, ir al pueblo de Jayuya fue especial.

This is known from the chronicles of the Spaniards and the recent investigations made by scientists. Actually, in paleoethnobotany studies, they have confirmed traces of cojoba seed powder in utensils made by the Taínos."

"Isabella, you should study something related to all this," her dad suggested.

"Actually I do like modern archaeology very much: investigating the past and discovering the mysteries of ancient civilizations," Isabella replied.

The museum curator told them that they were very close to *La Piedra Escrita* and that they should visit it. *La Piedra Escrita* was something new to Isabella since she had not read anything about it. She was very surprised when she saw all the petroglyphs clearly marked on that stone. Teresa loved the boardwalk path going down to the riverbed. There, Isabella let herself be carried away by her imagination.

"Tell me, Isabella, what are you imagining?" her father asked.

"I imagine the Taínos doing the same thing those children are doing, jumping into the river and having a good time," she replied, somewhat nostalgic.

Upon returning from Jayuya, they made a mandatory stop in Guavate. There, they were delighted with the entire Puerto Rican Christmas menu. Finally, they arrived back at Titi Zayda's ranch within Bairoa in Caguas. It had been a memorable trip for Isabella. Without a doubt, going to Jayuya was special.

La emoción de saber que se adentraría nuevamente al mundo taíno no la dejó dormir muy bien. Isabella se iba a quedar sola en la casa, ya que sus padres, Sebastián y sus tíos, irían a ver un juego de béisbol. A ella no le gustaba mucho el béisbol y optó por quedarse en la casa.

—Isabella, tienes un día libre de nosotros, cuando termine el juego vendremos a buscarte e iremos a comer, — le dijo su mamá.

—Okay mami, que disfruten del juego.

Tan pronto se quedó sola, Isabella inició los preparativos para su aventura. Pensó en el niño taíno y en cómo se vería tres años después. Llegó a la ceiba y comenzó a desenterrar el cemí.

Bueno, cemí, llévame nuevamente al mundo taíno —se dijo Isabella a sí misma. Ya con el cemí en las manos, comenzó a sentir el mareo que terminaría por transportarla en el tiempo. Al cabo de unos minutos, Isabella despertó delante de las inmensas piedras al lado de la ceiba. Algo que notó rápidamente fue el cambio de temperatura. De pronto, el aire se sentía más fresco. "El cambio climático es algo real", pensó. Fijó la vista en la aldea, que quedaba sumergida en un valle justo al frente de la ceiba a una distancia de unos cien metros.

The excitement of knowing that she would enter the Taíno world again did not let her sleep very well. Isabella was going to be home alone since her parents, Sebastián, and their aunt and uncle would go to see a baseball game. She didn't really like baseball much and chose to stay in the house.

"Isabella, you have a free day from us; when the game is over, we will come pick you up for dinner," Teresa said. "Okay, Mami. Enjoy the game!"

As soon as she was alone, Isabella began preparations for her adventure. She thought about the Taíno boy and what he would look like three years later. Isabella arrived at the Ceiba tree and began to dig up the cemí.

Well, take me back to the Taíno world, cemí," Isabella said to herself. Already with the cemí in her hands, she began to feel the dizziness that would end up transporting her in time. After a few minutes, Isabella woke up in front of the immense stones next to the Ceiba tree. Something she quickly noticed was the change in temperature. Suddenly, the air felt fresher. "Climate change is a real thing," she thought. Then she fixed her gaze at the village, which was submerged in a valley just in front of the Ceiba tree at a distance of about a hundred meters.

Todo se veía más o menos igual que hace tres años. Permaneció allí un rato observando la acción en la aldea, cuando de pronto vio a un grupo de jóvenes que se reunieron cerca del batey y parecían estar señalando hacia su ubicación. Decidió moverse hacia unos arbustos y permanecer escondida. Desde su nueva ubicación pudo ver a los jóvenes caminar hacia la ceiba. También vio que los acompañaba un perro. El corazón le latía rápido y fuerte; sentía que el perro podría escuchar sus palpitaciones.

Cuando llegaron hasta la ceiba, los jóvenes se sentaron frente a las piedras. Isabella los podía escuchar desde donde estaba. El corazón poco a poco se le aceleraba. Uno de ellos se puso de pie y señaló hacia la piedra. Aunque ella no entendía nada de lo que hablaban, estaba tratando de descifrar los gestos. Y, a decir verdad, era muy buena en eso. Se dio cuenta de que el joven hablaba sobre el petroglifo que estaba en la piedra. Aunque no estaba muy segura, ese joven taíno se le parecía bastante al niño que había conocido la última vez.

De momento, Isabella escuchó la palabra cemí. Fue como si un balde de agua fría le cayera desde la cabeza hasta los pies. Luego, vio cómo el joven simulaba una pantomima de un forcejeo. Las palpitaciones se le aceleraron. Quería gritar. Tenía la certeza de que ese joven era el niño de hace tres años. Isabella quería correr y aclarar todo; pero si algo aprendió de su experiencia anterior fue pensar antes de actuar. Así que se contuvo y siguió observando. Después de terminar con lo que parecía una lucha entre dos personas, el joven se enfocó en el yucayeque. Su lenguaje parecía indicar algo sobre la aldea. Isabella recordó en ese momento cuán afectado emocionalmente estuvo Bajacú al ver la desaparición de su aldea.

Everything looked more or less the same as it did three years ago. Isabella remained in her lookout spot for a while, watching the action in the village, when suddenly she saw a group of young men who gathered near the Batey and seemed to be pointing toward her location. She quickly decided to move into some bushes to stay hidden from view. From her new location, Isabella could see the young people walking toward the Ceiba. She also saw that they were accompanied by a dog. Isabella's heart was beating fast and hard; she felt like the dog could hear her palpitations.

When the young men reached the Ceiba, they sat in front of the stones. Isabella could hear them from where she was. One of them stood up and pointed toward the stone. Although she didn't understand anything they were talking about, she tried to decipher their gestures. And, truth be told, she was very good at it. Isabella realized that the young man was talking about the petroglyph that was on one of the stones. Although she wasn't quite sure, that young Taíno looked quite like the boy she had met in her previous adventure.

Something finally sounded familiar, Isabella heard the word: cemí. It was as if a bucket of cold water washed over her from head to toe. Then, she saw how the young man simulated a pantomime of a struggle. The palpitations of her heart accelerated. She was now certain that this young man was the child from three years ago. After finishing what seemed like a fight between two people, the young man focused on the yucayeque. His body language seemed to indicate he spoke about the village. Isabella recalled at the time how emotionally affected Bajacú was when his village suddenly disappeared.

Otro joven taíno se levantó y, señalando el petroglifo de la figura humana con el artefacto en la mano, dijo "Bajacú, Bajacú". Las palabras llegaron hasta Isabella. Todos sus sentidos se le agudizaron y pudo escuchar claramente ese nombre tan distintivo. Isabella evitaba parpedear para no perderse ni un solo detalle; tanto así que vio cuando el joven taíno respondía a ese nombre.

Lo próximo que hizo el joven fue determinante para Isabella y cambiaría el curso de las cosas.

Bajacú comenzó a recrear el momento del selfie. Ya no quedaba duda: era él.

Another young Taíno stood up and, pointing to the petroglyph of the human figure with the artifact in his hand, said "Bajacú, Bajacú." The words reached Isabella. All her senses sharpened, observing intently if the other young man responded by the name.

The next thing that the young man did was decisive for Isabella and would change the course of things.

Bajacú began to recreate the moment of the selfie. There was no longer any doubt: it was him.

De momento, los otros chicos taínos se pusieron de pie y comenzaron a correr en dirección al río. Bajacú se quedó de rodillas observando el petroglifo junto al perro el cual se mantuvo siempre a su lado. Isabella sintió el deseo de dejarse ver y provocar un reencuentro con su amigo taíno. Los nervios la consumían, y cuando se disponía a salir de los arbustos en donde estaba escondida, escuchó unos gritos diciendo nuevamente aquella palabra: Bajacú, Bajacú. El joven se paró y corrió en dirección al río. Isabella lo escuchó dirigirse al perro diciendo Carabí, y el perro lo siguió.

Isabella dejó escapar un suspiro. "Bajacú… ese debe ser tu nombre", pensó. Las emociones eran muy fuertes. Estuvo muy cerca de provocar un reencuentro con Bajacú. Decidió que lo mejor era regresar al tiempo presente y pensar bien la siguiente incursión en el mundo taíno. Salió de entre los arbustos y caminó hacia la ceiba, en donde soltó el cemí. En pocos segundos cayó bajo los efectos del mareo. Al despertar, escondió el cemí entre las dos rocas y se acercó al petroglifo pensando, "se llama Bajacú, y no ha olvidado nuestro encuentro. Tiene un perro, y nunca lo escuché ladrar. Lo que leí en las crónicas de los españoles parece ser cierto sobre sus perros, no ladran".

Isabella decidió planificar mejor el próximo viaje en el tiempo. Pensó que le gustaría intentarlo nuevamente al anochecer y así experimentar una noche en el mundo taíno.

Without warning, the other Taíno boys stood up and began to run in the direction of the river. Bajacú remained on his knees, watching the petroglyph next to the dog, which always remained by his side. Isabella felt the desire to let herself be seen and provoke a reunion with her Taíno friend. Nerves consumed her, but when she finally had the nerve to leave the bushes where she was hiding, she heard voices yelling that word again: Bajacú, Bajacú! The young man then stood and ran in the direction of the river. Isabella heard him address the dog, saying, "Carabí," and the dog followed him.

Isabella let out a sigh. Bajacú … That must be your name, she thought. The rush of emotions was very strong. Isabella was so close to a reunion with Bajacú. However, she decided it was best to return to the present time and think carefully about the next excursion into the Taíno world.

She came out of the bushes and walked toward the Ceiba, where she had released the cemí. Within a few seconds, she fell under the effects of dizziness. When Isabella woke up again, she hid the cemí between the two rocks and approached the petroglyph, thinking, He's called Bajacú, and he hasn't forgotten our meeting. He has a dog, and I never heard him bark. What I read in the chronicles of the Spaniards seems to be true about them: they don't bark.

Isabella decided that she should plan the next trip better. She thought she would like to try again at dusk to experience a night in the Taíno world.

—¿Quién ganó? —preguntó Isabella.

—Ganó Santurce —dijo tío Manuel.

—*It was a good game, though* —añadió Sebastián.

— Y tú, ¿qué hiciste Isa? —preguntó Teresa.

—Pasear por la finca y descansar —contestó Isabella sin dar detalles.

Mentirle nuevamente a su familia era algo que inquietaba mucho a Isabella. Sin embargo, para que le creyeran tendría que demostrarlo, y eso sí que no lo quería hacer. Ella consideraba que esa experiencia le pertenecía por una suerte del destino y su deber era mantener todo en secreto.

Durante la cena, el tema principal fue la gran cantidad de puertorriqueños que estaban migrando hacia los Estados Unidos.

—Este año tengo una maestra natural de Ponce que se mudó a Orlando durante el verano —comentó Isabella.

— *And I have new friends from Puerto Rico, I'm helping them by translating in class* —añadió Sebastián.

—Cada año que pasa hay más puertorriqueños, pareciera que la isla se va a vaciar —dijo Teresa.

—Pues es que las cosas están bien difíciles aquí — comentó Zayda.

—Por eso mismo nos fuimos nosotros, pero hay algo en este terruño que siempre nos hace volver, aunque sea unos días —dijo Raúl.

"Who won?" Isabella asked.

"Santurce won," said Uncle Manuel.

"It was a good game, though," Sebastián added.

"And you, what did you do, Isa?" Teresa asked.

"Walk around the farm and rest," Isabella replied without giving details.

Lying to her family again was something that worried Isabella a lot. However, for them to believe her, she would have to prove it, and she did not want to do that. She believed that this experience belonged to her by a kind of fate, and her duty was to keep everything secret.

During dinner, the main topic was the large number of Puerto Ricans who were migrating to the United States.

"This year, I have a teacher from Ponce who moved to Orlando during the summer," Isabella said.

"And I have new friends from Puerto Rico. I'm helping them by translating in class," Sebastián added.

"Every year that passes, there are more Puerto Ricans moving out of the island. It feels like the island is going to empty out," Teresa said.

"Well, things are very difficult here," Zayda said.

"That's why we left, but there is something in this land that always makes us come back, even for a few days," said Raul.

—Yo soy de los que pienso que las generaciones jóvenes del país van a ser la diferencia y van a hacer que el país funcione, solo hay que darles un voto de confianza y la oportunidad de hacer de la isla un país viable —dijo tío Manuel.

—Bravo tío, me gusta lo que dices —le dijo Isabella.

— Precisamente, hablo de tu generación y de un poco mayores que tú también, esperemos que muchos de los que se han ido, regresen —añadió Raúl.

—Para que eso pase tienen que cambiar muchas cosas primero —terminó diciendo Teresa con un tono un poco pesimista.

"I think the young generation of the country is going make the difference, and they are going to make the country work. You just have to give them a vote of confidence to make the island a viable country," said Uncle Manuel.

"Bravo, Uncle. I like what you say," Isabella said.

"Precisely, I'm talking about your generation and those a little older than you too. Let's hope that many of those who have left return," added Raúl.

"For that to happen, a lot of things have to change first," Teresa replied in a slightly pessimistic tone.

Llegaron a la casa temprano en la noche. Sebastián se puso a ver una película y los adultos se sentaron en el balcón a platicar.

—Hoy no hay luna, está perfecto para apreciar las estrellas. —les dejó saber Isabella.

—No te vayas muy lejos, Isa —le dijo su mamá.

Isabella sabía que aquella charla de los adultos se alargaría y que no tendría problemas para pasar un buen rato en el mundo taíno.

Caminó hacia la ceiba. "Aquí debe de estar el batey; creo que el caney está por acá", pensó. Llegó y antes de sujetar al cemí, se fijó en la luz del balcón de la casa de la tía en donde estaban sus familiares. Miró las estrellas y confirmó lo que había pensado, era una noche perfecta. Sujetó al cemí, se acostó boca arriba sobre la yerba y se encaminó a su primer viaje hacia una noche taína.

Abrió los ojos y sintió una potente energía que parecía venir desde el espacio. Si aquella noche sin luna en el barrio Bairoa se veía espectacular, desde el tiempo taíno parecía de ciencia ficción. "La contaminación lumínica nos impide ver esta belleza", pensó Isabella. El cántico de unas voces y el retumbar de tambores la hicieron volver a la realidad. Se volteó y fijó su vista en la aldea. Varias fogatas iluminaban el área del batey, que estaba muy concurrido. Decidió aproximarse para apreciar mejor lo que sucedía. "Esto debe ser un areito", pensó. Pudo ver a varios hombres con maracas amarradas a los brazos y a la cintura que bailaban en el centro del batey. Buscó a Bajacú entre la concurrencia, pero era imposible.

They arrived at the house early in the evening. Seba started watching a movie, and the adults sat on the balcony to chat.

"There's no moon tonight; it is perfect to see the stars. I think I will go..." Isabella mused, walking past the adults.

"Don't go too far, Isa," warned her mother.

Isabella knew that talk among the adults would drag on and that she would have no problem venturing for a good time while in the Taíno world.

Isabella walked toward the Ceiba. Here must be the Batey; I think the Caney is over there, she imagined as she paced toward the tree. Once she got to the tree, she paused before retrieving the cemí as she noticed the light in the distance. The light was coming from the balcony of her aunt's house, where her relatives were. She then turned back to the stars and confirmed: it was a perfect night. Isabella then scooped up the cemí, laid it on the grass facing the sky, and let herself dive into her first trip to a Taíno night.

Upon opening her eyes, Isabella felt a powerful energy that seemed to come from space. If that moonless night in the Bairoa neighborhood looked spectacular, from the Taíno time seemed like science fiction. Light pollution prevents us from seeing this beauty, Isabella thought. The singing of voices and the rumbling of drums brought her back to reality. She turned and fixed her eyes on the village. Several fires lit up the Batey area, which was then very crowded. Isabella decided to approach to better appreciate what was happening. This must be an "areito," she thought. She could see several men with maracas tied to their arms and waist dancing and chanting to the beat of the drums in the center of the Batey. She looked for Bajacú among the crowd, but it was impossible.

El cántico terminó y desde el caney salieron varios hombres. Uno de ellos sobresalía por los ornamentos que llevaba puestos y por las elaboradas pinturas corporales. Isabella pensó que se podía tratar del cacique, el behique y de los nitaínos de la aldea. Uno de ellos se acercó algo a la nariz e inhaló una sustancia.

—No lo puedo creer, estoy presenciando el ritual de la cojoba —dijo en voz baja Isabella. Luego de un breve silencio, el líder taíno que participó de la cojoba, pronunció unas palabras de las cuales Isabella pudo reconocer una. Escuchó claramente cuando gritó "¡Guasábara!"

The chant ended, and from the caney came several men. One of them stood out from the rest because of the ornaments he wore and the elaborate body paintings. Isabella thought it could be the Cacique, accompanied by the Behique and the Nitaínos of the village. One of the men then raised something to their nose and inhaled a substance.

"I can't believe it; I'm witnessing the cojoba ritual," Isabella said quietly. After a brief silence, the Taíno leader who participated in the cojoba ritual pronounced a few words of which Isabella could recognize one. She heard clearly when he shouted, "Guasábara!"

La aldea entró en un estado de algarabía.

—¡Oh no, Están en guerra! —Isabella, decidió que lo mejor era volver al presente.

Fue una noche muy reveladora. Presenció un areito y el anuncio de una guerra. Todavía sus padres se encontraban en el balcón junto a sus tíos en una plática que pareciera nunca terminar.

—¿Viste alguna estrella fugaz Isabella? —preguntó su tío Manuel.
— Esta vez no tuve suerte, tío.

—Mañana daremos un paseo por el Viejo San Juan, tenemos que madrugar —le dijo Teresa.

—Okay —respondió Isabella siguiendo de largo para el cuarto.

Ya era casi la una de la madrugada e Isabella no podía dormir. Estaba muy ansiosa por el grito de guerra del cacique. Ella había leído que los taínos entraban en guerras para defenderse de ataques, pero ¿quiénes serían los enemigos en aquel momento? Para contestar esa pregunta tenía que saber primero en qué momento de la historia taína estaba viajando.

Al canto del coquí se le unió un gran grito de "ASALTO"

The village entered a state of excitement.

"Oh no, they are going to war!" Isabella decided that it was best to immediately return to the present.

It was a very eye-opening evening. She witnessed an areito and the announcement of a war. She found her parents still on the balcony, with her aunt and uncle, deep in a conversation that seemed never to end.

"Did you see any shooting stars, Isabella?" asked her Uncle Manuel.

 "I wasn't lucky this time, *Tío*," she sighed as she walked up the porch.

"Tomorrow we are going for a walk through Old San Juan, and we have to get up early," Teresa said.

"Okay," Isabella replied, breezing through the adults and into the house.

It was almost one o'clock in the morning, and Isabella couldn't sleep. The Cacique's war cry made her very anxious. She had read that the Taínos entered wars to defend themselves from attacks, but who would be the enemies at that time? To answer that question, she first had to know at what point in Taíno history she had been traveling.

The song of the coquí was joined by a great shout of "*¡ASALTO!*"

"Traigo esta trulla
para que te levantes.
Traigo esta trulla
para que te levantes.
Esta trulla está caliente,
esta trulla está que arde".

—¡Seba, Seba, Seba, hay una parranda!

— *What?*—dijo Sebastián medio dormido.

—Una parranda, ¡despiértate!

Para Sebastián esta era la primera parranda que podría recordar.

*"Prendiste la luz,
metiste la pata,
porque ahora sabemos
que estás en la casa."*

Los cánticos duraron casi una hora. No hubo silencio; solo aplausos, música y algarabía. La atención de Isabella se centró en una mujer que estaba tocando las maracas. "La cultura taína sigue viva", pensó Isabella recordando el areito que presenció horas antes.

Aquella noche fortaleció sus vínculos culturales con la identidad puertorriqueña. Ver a Sebastián tocando los palitos en la parranda llenó a Isabella de emoción; sabía que dentro de su hermano, aunque nacido fuera de la isla, había un puertorriqueño.

"Seba, Seba, Seba, there is a *parranda!*"

"A what?" Sebastián said half-asleep.

"A party! Wake up!"

For Sebastián, this was the first *parranda* he would remember.

*"Prendiste la luz,
metiste la pata,
porque ahora sabemos
que estás en la casa."*

The *parranda* lasted several minutes. There was no moment of silence at that time, just applause, music, and excitement. Isabella's attention was focused on a woman playing the maracas. The Taíno culture is still alive, Isabella thought, remembering the areito she had witnessed hours earlier.

That night strengthened Isabella's cultural ties with her Puerto Rican identity. Seeing Sebastián rhythmically playing the palitos in the parranda filled Isabella with joy; she knew that inside her brother, although born outside the island, was a Puerto Rican.

La trasnochada hizo que se le pegara la sábana a toda la familia. Sin embargo, se levantaron y siguieron con el plan de visitar el Viejo San Juan. En agenda tenían que visitar el pintoresco barrio sanjuanero de La Perla, recorrer los castillos y pasear por las calles tan llenas de historias de la capital. Teresa había escuchado de unas demostraciones de Bomba que se daban allí y quería que sus hijos tuvieran la oportunidad de verlas.

—Vamos a bajar a la Perla para que vean algo que pienso que les va a gustar. Tiene que ver con parte de lo que somos nosotros los puertorriqueños —les dijo Teresa.

El retumbar de las congas se comenzó a escuchar en la lejanía. Según se acercaban, se escuchaba más alto. El ritmo se comenzó a notar en el caminar de Teresa. La brisa del océano y el rugir de las olas le añadían una dimensión de libertad al cántico de aquella bomba.

—Esto es bomba —dijo Isabella.

— *Wait, what? A bomb?*

—La bomba es música de influencia africana. Es decir, un ritmo creado por los Afropuertorriqueños —le aclaró Isabella.

—Mira a la bailarina, Isa. Dime qué notas.

—Oh, yo sé, el que está tocando el tambor lo hace al ritmo del baile de ella", le contestó Isabella a su mamá.

—Esta niña sabe de todo —añadió Raúl.

The late night made the whole family get up late. However, even though they overslept, they went ahead with the plan to visit Old San Juan. On the agenda, the family planned to tour the castles, stroll through the streets, and visit La Perla. Teresa had heard of some demonstrations of Bomba dancing that were taking place there and wanted her children to have the opportunity to see them.

"We're going down to La Perla so you can see something I think you're going to like. It has to do with part of who we Puerto Ricans are," Teresa said.

The rumble of the congas was heard in the distance. As they approached, it was heard louder. The rhythm was noticed in Teresa's walk. The ocean breeze and the roar of the waves added a dimension of freedom to the chanting of the Bomba.

"Esto es Bomba," Isabella said pointedly.

"Wait what? A bomb?"

"The Bomba is music of African influence. That is, a rhythm created by Afro-Puerto Ricans," clarified Isabella.

"Look at the dancer, Isa. Do you notice something?"

"Oh, I know. The one who is playing the drum does it to the rhythm of her dance," Isabella replied to her mother.

"This girl knows everything," Raúl added.

— Me gusta la Perla, mami. La cercanía del mar, la brisa, las casitas de colores y las calles estrechas hacen que se respire la comunidad.

"I like La Perla, Mami. The proximity of the sea, the breeze, the colorful houses, and the narrow streets make it so we can breathe a sense of community."

El tema de la bomba y de los africanos acaparó la conversación en el carro de regreso a Caguas.

The subject of la Bomba and the Africans monopolized the conversation in the car back to Caguas.

—Somos afortunados de ser puertorriqueños. Saber que por nuestras venas corre sangre taína, africana y europea nos hace especiales. Tenemos sangre de un pueblo aborigen que vivía en comunión con la naturaleza como los taínos, sangre de los primeros homosapiens como la africana; y sangre de una civilización avanzada como la europea. Voy a investigar un poco más de nuestra herencia africana. El retumbar de los tambores me llamaba, yo quería bailar también —dijo Isabella.

"We are fortunate to be Puerto Rican. Knowing that through our veins runs Taíno, African, and European blood makes us special. We have the blood of an aboriginal people who lived in communion with nature like the Taínos, the blood of the first Homo sapiens like the African, and the blood of an advanced civilization like Europeans. I'm going to investigate a little more of our African heritage. The rumble of the drums called me, and I want to dance too," said Isabella.

— ¿Y tu abuela, a onde está? —dijo Raúl.

"¿Y tu abuela, a 'onde está?" Raúl said.

¿What? —preguntó Sebastián.

"What?" Seba asked.

— Yo sé, mi maestra me explicó. Es un refrán que se dice para dejar saber que todos tenemos por algún lado herencia africana —aclaró Isabella.

"I've heard that before; my teacher explained it. It is a saying that reminds us that we all have African heritage somewhere," clarified Isabella.

—El campo te despierta temprano —pronunció Isabella mirando el reloj.

— *Nature here is too noisy, at night the coquí doesn't stop. Then the rooster wakes you up too early"* —dijo Sebastián.

Era el día de regreso y lo habían separado para descansar. El vuelo salía en la tarde, así que optaron por quedarse en la casa y pasar tiempo en familia con tío Manuel y titi Zayda. No obstante, Isabella quería aventurarse en el mundo taíno una vez más. Dijo que iría a pasear por la finca para tomar fotos y subirlas a su Instagram. Caminó hasta la ceiba, buscó el cemí y emprendió una vez más el viaje al mundo taíno.

Abrió los ojos y vio a un grupo de hombres jóvenes conversando en el batey. Uno de ellos parecía dar instrucciones a los demás mientras señalaba varios puntos circundantes a la aldea. Vio a las mujeres, a los niños y a las niñas caminar en fila retirándose de la aldea. "Deben de estar preparándose para la guasábara", pensó Isabella.

De pronto, los jóvenes que se encontraban hablando en el batey se armaron: unos con macanas, otros con arcos, flechas, y lanzas. Se sentía la tensión en el ambiente. Isabella tenía curiosidad por saber quién era el enemigo. Los guerreros se desplazaron y uno de ellos, junto a su perro, se dirigió hacia la ceiba en donde se encontraba Isabella. Ella se escondió detrás de las grandes rocas, pero aún así fue sorprendida por el animal.

"The countryside wakes you up early," Isabella said, looking at the clock.

"Nature here is too noisy, and at night, the coquí doesn't stop. Then the rooster wakes you up too early," Sebastián replied.

It was the day of their flight back, and it was agreed that the whole family would rest. The flight left in the afternoon, so they chose to stay at home and spend time with Uncle Manuel and Titi Zayda. Nevertheless, Isabella wanted to venture into the Taíno world once again. She told her family she would go for a walk around the farm to take photos and upload them to her Instagram. She walked to the Ceiba, looked for the cemí, and undertook once again the journey to the Taíno world.

Isabella opened her eyes and saw a group of young men chatting in the Batey. One of them seemed to give instructions to the others while pointing to several areas surrounding the village. She saw the women and children walking in line, evacuating the village. They must be preparing for the guasábara, Isabella thought.

Suddenly, the young men who were talking in the Batey armed themselves: some with clubs and others with bows, arrows, and spears. You could feel the tension in the air. Isabella was curious to know who the enemy was. The warriors then began moving to their positions, one of them, along with his dog, went toward the Ceiba tree where Isabella was. She quickly hid behind the large rocks but was still surprised by the animal.

Grrrrrrrrrrr. El perro gruño con rabia. El joven taíno fue a investigar la alerta de su perro y qué sorpresa se llevó. Era Bajacú, y el encuentro con Isabella no se pudo dar en peores circunstancias. Ambos se reconocieron. Para asegurarse, Isabella le mostró nuevamente el selfie que tenía en su teléfono. Con la otra mano ocultó el cemí. Bajacú sonrió y calmó al perro. Isabella, haciendo uso de lo que había estudiado sobre encuentros entre españoles y taínos, quiso hacer un Guaitiao con Bajacú. Quería intercambiar nombres con Bajacú para así formalizar una amistad. Isabella se puso la mano sobre su pecho y dijo, "Isa", y lo repitió varias veces. Luego, le sujetó la mano a Bajacú y se la puso sobre el pecho de él. El joven taíno le respondió "Bajacú".

Isabella no lo podía creer, pero estaba logrando comunicación con Bajacú. Entonces, Bajacú puso su mano en el pecho de Isabella y dijo "Isa". Isabella fue invadida por una emoción intensa, tenía los pelos de punta. Isabella hizo lo mismo. Ambos estaban muy emocionados. Era el momento de consumar el Guaitiao, se dijo Isabella. Parada justo frente a él, Isabella, dándose palmadas en el pecho, se llamó a sí misma Bajacú, a lo que Bajacú respondió haciendo el mismo gesto y llamándose a sí mismo Isa. De esa manera, completaron el Guaitiao. Entonces Isabella sacó de su bolsillo un collar para perros que había comprado en el Viejo San Juan con un adorno en forma de cemí en acrílico y se lo puso a Carabí , que se había calmado y perecía haber aceptado a Isabella.

El éxtasis del momento fue interrumpido por un gruñido del perro sumado a sonidos en la lejanía que resultaron extraños para Bajacú, pero que Isabella pudo reconocer.

Grrrrrrrrr! The dog growled ferociously. The young Taíno went to investigate his dog's alert, and what a surprise he got. It was Bajacú, and the encounter with Isabella could not have occurred in worse circumstances. Both recognized each other. To make sure, Isabella showed him again the selfie she had on her phone. She made sure to hide the cemí tightly in her other hand. Bajacú smiled and calmed the dog. Isabella, making use of what she had studied about encounters between Spaniards and Taínos, wanted to make a Guaitiao with Bajacú. She wanted to exchange names with Bajacú to formalize a friendship. Isabella put her hand on her chest and said, "Isa," and repeated it several times. Then, she held Bajacú's hand and put it on his chest. The young Taino replied, "Bajacú."

Isabella couldn't believe it; she was communicating with Bajacú. Then, he put his hand on Isabella's chest and said, "Isa." Isabella was filled by an intense emotion, and the hairs on her body stood on end. Isabella did the same. They were both very excited. It is time to complete the Guaitiao, Isabella thought to herself. Standing right in front of him, Isabella, patting herself on the chest, called herself Bajacú, to which he responded by making the same gesture and called himself Isa. And like that, they completed the Guaitiao. Then Isabella took out of her pocket a dog collar that she had bought in Old San Juan with an ornament in the shape of an acrylic cemí and put it on Carabí, who had calmed down and seemed to have accepted Isabella.

The ecstasy of the moment was interrupted by a growl of the dog, which added to the sounds in the distance that were strange to Bajacú but that Isabella could recognize.

El relinche de un caballo, y conversaciones en lo que parecía un español con acento peninsular le causaron un fuerte choque emocional a ella. Ambos se treparon sobre las inmensas rocas para tratar de divisar de dónde procedían los sonidos. Isabella pudo confirmar su temor. Miró a Bajacú y señalando hacia los intrusos dijo: ¡Guasábara!

The neighing of a horse and conversations that sounded like Spanish with a peninsular accent caused a strong emotional shock to her. Both climbed on the immense rocks to try to see where the sounds came from. Isabella was able to confirm her fear. Isabella turned to Bajacú, and pointing toward the intruders, said, "*Guasábara.*"